P9-BJY-069

Palabras que debemos aprender antes de leer

adormecer

anotó

ató

herida

pañuelo

puntos

rebote

valiente

www.rourkeeducationalmedia.com

Edición: Luana K. Mitten
Ilustración: Sarah Conner
Composición y dirección de arte: Renee Brady
Traducción: Yanitzia Canetti
Adaptación, edición y producción de la versión en español de Cambridge BrickHouse, Inc.

Library of Congress Cataloging-in-Publication Data

Picou, Lin
 ¡Ay! ¡Me cosieron! / Lin Picou.
   p. cm. -- (Little Birdie Books)
ISBN 978-1-61810-532-5 (soft cover - Spanish)
ISBN 978-1-63430-319-4 (hard cover - Spanish)
ISBN 978-1-62169-032-0 (e-Book - Spanish)
ISBN 978-1-61236-023-2 (soft cover - English)
ISBN 978-1-61741-819-8 (hard cover - English)
ISBN 978-1-61236-735-4 (e-Book - English)
Library of Congress Control Number: 2015944639

*Scan for Related Titles
and Teacher Resources*

Also Available as:

Rourke Educational Media
Printed in the United States of America,
North Mankato, Minnesota

Rourke
Educational Media

rourkeeducationalmedia.com

customerservice@rourkeeducationalmedia.com • PO Box 643328 Vero Beach, Florida 32964

¡Ay!
¡Me cosieron!

escrito por Lin Picou

ilustrado por Sarah Conner

¡Otro tanto!
¡Ahora están
empatados!

Sofía y yo estábamos
jugando baloncesto con
nuestros amigos Javier y Lili.
Lili anotó un tanto y luego
Sofía tomó el balón.

Sofía tiró al aro, pero Javier se interpuso y atrapó el rebote.

Javier corrió a la línea del centro antes de pasarle el balón a Lili.

Sofía y yo saltamos al mismo tiempo por el balón, y su codo me golpeó en la frente.

¡Ay! ¡Salió sangre! Abuelito
corrió a la cancha para ver si yo
estaba bien.

Abuelito ató un pañuelo alrededor de mi cabeza para detener el sangrado. Luego dijo: —Es mejor que un médico le eche un vistazo a esta herida.

Todos vinieron con
Abuelito y conmigo a la
consulta del Dr. Walbur.

15

Ya dentro de la consulta, una enfermera limpió mi herida. Yo fui valiente y no lloré.

—Necesitarás una inyección para adormecer la piel alrededor de la herida —me dijo el doctor.

Me quedé quieto y me puse a
pensar en un juego con mi perrito,
para así no pensar en la inyección o
en los puntos.

—¡Listo! —dijo Abuelo Benito—.
Ya puedes abrir
los ojos.

—¡Un momento! —dijo sonriente el Dr. Walburn—. ¡Creo que esos pantalones necesitan algunos puntos también!

Se le había abierto un
hueco a mis pantalones
vaqueros.
—¡Eso se puede resolver en
casa! —dije.

Actividades después de la lectura

El cuento y tú...

¿Por qué Javier tuvo que ir al médico?

¿Qué pasó en la consulta del doctor?

¿Alguna vez te has lastimado en un juego?

Palabras que aprendiste...

Elige tres palabras de la siguiente lista. En una hoja de papel, usa esas palabras para redactar oraciones con las que quieras comenzar tu propio cuento.

adormecer   pañuelo

anotó   puntos

ató   rebote

herida   valiente

Podrías... planear un juego con amigos.

- ¿Qué juego te gustaría practicar?

- ¿A quiénes desearías invitar a jugar contigo?

- Haz una lista de las reglas que se deben seguir en tu juego.

- ¿Qué necesitarás para practicar este juego?

- Determina cuándo y dónde jugarás.

- Invita a tus amigos a participar en el juego.

Acerca de la autora

Lin Picou monta bicicleta en Land O'
Lakes, Florida, para hacer ejercicios
y mantenerse activa. Ella juega "Luz
roja, Luz verde" con sus estudiantes en
los ratos libres en los que no da clases
de lectura, escritura o ciencias.

Meet The Author!
www.meetREMauthors.com

Acerca de la ilustradora

Sarah Conner es una ilustradora que vive
en Londres con su gato Berni. Cuando
no está usando su tablilla de dibujo (¡o
computadora!), disfruta dando caminatas
por los hermosos parques de Londres,
almorzando al aire libre, tejiendo y
arreglando el jardín.